RISK

A JOAN KAHN BOOK